あさかげ叢書第120篇

父二人

酒川千鶴子歌集

Sakagawa Chizuko

六花書林

父　伊藤 眞

［28歳 硫黄島にて戦死］

父　伊藤 眞

［26歳 満州にて 昭和18年12月］

父　今泉義文

［85歳 逝去］

父　今泉義文

［40代の頃］

序

あさかげ短歌会代表　矢野康史

歌集の題となっている「父二人」であるが、作者酒川千鶴子氏には、実父伊藤真氏（宮城県小牛田、作者四歳時に二十八歳にて戦死）と、その後母の再婚により育ての父となられた今泉義文氏（昭和五十一年八十六歳にてご逝去）の二人のご尊父がおられ、「父二人」の存在は、作者のお人柄と、文学好きで短歌に興味を持たれるあたりにしっかりと引き継がれている。

あさかげ短歌会に入られたのは、平成二十二年七月なので、短歌のスタートとしては決して早くはないが、八十四歳迄書店を切り盛りされ、百二歳の天寿を全うされた、最後までお元気だったお母様の背中を見られていた事も、作者を短歌作りに向かわせたのではないかと感じる。

五百七十首余りの短歌を詠まれ、私の許に送られてきたのだが、弟の市長選当選やご主人の手術、孫の受験や海外旅行詠を含め、ご家族との生活の記録と、あさかげ短歌会の全国大会を詠まれた歌が中心となっている。

歌歴は未だ十三年ほどで、初期の頃の短歌の定型五・七・五・七・七の流れに乗れていない粗削りな作品もあるが、村松紘子編集委員や小林賀子編集委員の指導を受け、めきめきと上達されてきているのがよく解る。

短歌の定義として、極力定型を守ることにより、短歌特有の流れ、リズムを壊さないことが根本であり、それ以外だと、例えば文語体とか口語体は一首の中ではどちらかに纏めた方が理解され易い、などあるが、現代短歌では表現なども自由に伸び伸びとした作品が多く発表されてきている。

ただ、今後の作歌の参考にして頂きたいのは、一首が事象の説明や報告で終らない事である。そして極力、直喩（直接的比喩）は避けて、間接的な表現で詠みながら、心の在り処を読み手に知らしめる。それが短歌の極意であり、それを踏まえながら、より上級な奥深い短歌を目指して頂きたいと切に願っている。

今まで詠まれている歌で、心に留まった歌を挙げて、私の拙い序を閉じさせて頂こうと思う。

歌作る時間はどこで捻出か亡父《ちち》は臥床にペンを持ちしを

底冷えの夜を柚子湯に浸かりゐて祖父母を偲び虎落笛《もがりぶえ》聴く

海浜公園《かいひんこうえん》のネモフィラの青・空の蒼・海の碧さに染まりし吾は

角張つた心は筑波の嶺仰ぎあふぎ歩けばくちびるに歌

早朝の諏訪湖を巡り彼方には稜線浮かぶ白きアルプス
諏訪湖畔赤彦定子万治師の歌碑読みながら歌友《とも》らと巡る
神さまの御心なれと祈る吾に弟よりの当選の報
家中に「満月蠟梅」香り満ち優しき心われに生まれる
柿若葉そよぐ畦道目の前を流線型に初燕飛ぶ
立春のやはき気温を寿ぐや福寿草の花金盃かざす
庭の面《も》を覆へる白き花韮《はなにら》の星型明《さや》かに照らす満月
雨後の宵青墨色の中空にオレンジ色の満月かかる
雨音とミシンの音のリズム合ひ夏ブラウスの早く仕上がる
真白なる帆は風受けて奔り行く霞ヶ浦の公魚《わかさぎ》漁船
梅雨明けの夕陽茜をほしいまま東の家々ピンクに染まる

令和六年弥生吉日

父二人 * 目次

二〇一三年（平成二十五年）

二〇一四年（平成二十六年）

二〇二二年（令和四年）

二〇二三年（令和五年）

装幀　真田幸治

父二人

今在るは二人の父のお陰なりふつふつ湧くは大事にされしを
敬へる父二人居て恥づかしくない生き方と思ふ思春期

二〇一〇年～二〇一一年
（平成二十二年～二十三年）

霞ヶ浦　公魚漁船

あさかげ入会

歌作る時間はどこで捻出か亡父《ちち》は臥床でペンを持ちしを

長病みの父母に寄り添ひ介護短歌《うた》優しく強き歌友《とも》に感銘

三十八度傾斜の山

三十八度傾斜の山へ葡萄植ゑ六十年経てワイン工場に

先人は六十年前障害の子らと汗して畑を拓く

障害の子らの宿舎は古けれど掃き清められ輝きてをり

目隠しに思はず手がゆく男孫《まご》二人　僕が先にと競ふ西瓜割り

午前二時人工衛星肉眼に三機見ゆるが流れ星らし

オカリナコンサート（つくば市ノバホール）

年に一度友の会にてコンサート良き音楽を地域の人と
オカリナとツインギターの演奏を九百人は静もりて聴く

海に山恋うて奏づる宗次郎もの哀しさに心打たれたり

亡き父のプロになれとの遺言を守り子と母今日のドラフト

秋晴れの空に巻雲鰯雲夕べに茜と天の恵みは

主尋ねて

入院の夫《つま》の不在を訝りし飼ひ犬ケン太は主《あるじ》尋ねて

綱千切り逃げた犬追ひ街に野に声嗄れすれど姿見えざり

山陰の旅

雲が切れ遠州灘から伊勢湾が地図さながらに機上より見ゆ

外国に日本を広め書物記し武家娘娶る小泉八雲は

日本一に選ばれし庭園《には》後方の山借景にと足立《あだち》美術館

昔より天橋立とふ名所　股覗きにて見るが可笑しき

裏山に咲きし薊を惜し気なく剪りて画材に友は持ち来る

元旦の空

元旦の厨に立ちて窓開けぬ染まる朱空光さし来る

新年を寿ぐ心緩みをり天《そら》と太陽仰ぎ充足

苦労せし友はやうやく落ち着きぬ孫と連れ立ち遊びに来たる

三歳の幼は祖母に愛されて言葉日増しに多くなるとふ

かつて娘《こ》の名を書き入れし文房具をさな気に入り僕の宝と

片手なき蛙を幼は見つけ来し墓をどこぞと田の土手探す

一面に張られし水田広々と風立ち海に寄する波かと

水無月の早苗田みどりに覆はれし清かに風は頬をなでゆく

車中にて青き山並魅入りしが目の前に舞ふは胞子ひと筋

カンボジアの旅

椰子の葉と高床式の建物はわがをさな日の絵本にありし

千年前冒険家らに見出されアンコールワット世界遺産に

文字に絵に砂岩の壁に刻めるは戦争・伝説・お産の様子（門の壁画）

カンボジアの裸足の子らは母作る腕輪土産にと吾らへ駆け寄る

東日本大震災

三陸の海岸線の大津波　人家飲込み地形を変へる

聳え立つ防波堤越え大津波　みるみるうちに田老《たろう》町消ゆ

若者は少しの隙間に祖母寝かせ流れる家と十日生きをり

地震《なゐ》のあとひび入る家を建て替へか迷ひし末にリフォーム選ぶ

青春の滾《たぎ》りを白球追ひかけて「頑張ろう日本」掲げ闘ふ

真実語る

天皇と己が戦犯まづ思ひ出撃命令遂に出さずと

降伏の決断せずに原爆を落下させたと参謀語る

二〇一二年（平成二十四年）

ネモフィラの青

十二号台風

大陸の海の東に弓なりの日本列島防波堤の如

高気圧二つに挟まれ台風は自転車速度に土石流被害

十二号の台風の威力凄まじき紀伊半島の被害絶大

鎮魂と復興の祈り届けよとキャンドル千個に灯す胸の火

池の端橋のキャンドル水に映え震災に負けぬ魂と見ゆ

黒四ダム

奥深き立山の川堰き止めし黒四ダムの陰に慰霊碑

宇奈月のトロッコ列車の名ガイドご当地生まれの室井滋氏

命のリレー

根本より折れし紫陽花時を経て晩秋の土に双葉覗かす

先祖より今ある吾が身悠久の命のリレー絶え無きを祈る

正月の雲一つなき青空よ愛宕の山は吾を招けり

帰省せし娘と連れ立ちて初詣願ひは何やそっと横顔

孫子らとペットボトルでボーリング遊ぶ正月笑ひ弾ける

虎落笛

奥歯治療舌まで削られ食べられず　友より届くお粥に癒やさる
（真智子さん）

底冷えの夜を柚子湯に浸かりゐて祖父母を偲び虎落笛《もがりぶえ》聴く

咲いたかと思へば閉づる福寿草三寒四温に惑はされつつ

如月の末の淡雪咲き初めし紅梅《うめ》にふんはり姿華やぐ

観梅に偕楽園駅ホームにて梅娘らの笑顔に出会ふ

頑張らう東北

石巻の一本松は残されてコカリナとなり後世《のち》に受け継ぐ

一陣の風吹き代田に小波《さざなみ》の夕日煌めき黄金の海なり

甲子園高校野球の選抜に石巻高の熱き宣誓

竜巻に家潰されて下敷に十四歳の男子死すとふ

母の庭の沈丁花ひとつ挿芽をし三年たちて莟ふくらむ

青に染まる

海浜公園《かいひん》のネモフィラの青・空の蒼・海の碧さに染まりし吾は

アラスカに漂着すとふサッカーボール地震《なゐ》より一年津波のゆくへ

榈木《ゆづりぎ》を彫りて三体安置せむ坂上田村麻呂《たむらまろ》祀《し》は明通寺へと

若狭国神宮寺に湧く閼伽水《あかみづ》は奈良二月堂のお水取りにと

講座にて源氏物語学ぶ母　高齢なれど尚も前向き

金環日食

金環はほんに指輪のやうになり近所の人と眼鏡貸しあふ

太陽と月と地球と一直線次に並ぶは三〇六年後

眼鏡購ひ金環日食撮影し宇宙の神秘皆と味はふ

金の笑顔

お家芸柔道に金の松本薫は笑顔無邪気に「応援ありがと」

日本の柔道に初金メダル「私一人の金ではない」と

卓球の日本初の銀メダル爽やか笑顔に苦闘の影なし

九州に又台風の予報あり西の雲間に怪し気《げ》な色

夕焼けの空は薄墨をほのか染めピンク紫飽かず眺むる

地震にて傾斜のわが家修理終へ猛暑のひと月気を張りて過ぐ

黄金の見渡す限り稲穂垂れ吾に謙虚を教へくるるや

今様の案山子スタイルいとをかし鳥打帽にフリルのスカート

あさかげ第五十三回全国大会（東京中野）

あさかげの全国大会に初参加歌友と共に二日を過ごす

久々に歌友と会ひし喜びに歌会の緊張いづこにぞ去る

歌会の助言者の評に納得し学びの時の長きを望む

風立ちて秋桜の花舞ひ踊る吾も混じりて空を舞ひたし

双手挙げ何に挑むや蟷螂よ保護色まとひ闘ふ姿勢

鬼太鼓座

被災地の子ら元気にと鬼太鼓座《おんでこざ》本物聴かせに吾が街を訪ふ

富士山を走り筋肉鍛へしと太鼓の音に建物震ふ

昔弓を造りしとふ檀《まゆみ》の木　実の爆ぜし紅に庭明るみて

ピアニスト辻井伸行の子育ては信じて褒めよとその母の言ふ

角張つた心は筑波の嶺仰ぎあふぎ歩けばくちびるに歌

秋風にコスモスそよぎ舞踏会　無風の時は蝶の舞ひ来る

わが庭に久しく姿現はさぬ雀ら遠目に群れゐるを見ゆ

二〇一三年（平成二十五年）

遠景に白き富士山

家族温める

冬の陽は庭一杯の布団らをホカホカとなし家族温める

渾身の消費増税胸に抱き俎板に乗る野田総理なり

冬の陽の葉裏のそよぎと近寄れば枯木に群れて遊ぶ雀ら

庭先の枯木に百舌のしき鳴きて古人のつけし愉快な鳥の名

シリコンチューブ手術

目の手術シリコンチューブ挿入時医師はハッハッと呼吸《いき》弾ませて

麻酔打つ少し痛むよと言ひつつも青年医師の真剣なる目

みてみてと百面相の幼児に赤ちゃんじつと見天使のほほ笑み

筑波嶺に夕日の落つるその位置は日脚の伸びて西にずれゆく

雲間より洩るる月光身に受けてピーターパンの世界に入りぬ

恒例の通知簿見せに男孫らの良き方褒める訳にもいかず

富士山世界遺産

念願の世界文化遺産《ぶんかいさん》に選ばれし富士は日本の心の故郷

小綬鶏の姿見えねど甲高くペチャパイチョットコイと吾を揶揄する

厨辺の窓より見ゆる濃淡のみどりの森に眼《まなこ》さはやか

牡丹より藁囲ひ取るや霜枯れしが赤く萌ゆる芽命の燃ゆる

二歳にて心臓手術をせし男孫顔色も良く十二歳となる

第五十四回あさかげ全国大会（下諏訪）

早朝の諏訪湖を巡り彼方には稜線浮かぶ白きアルプス

歌会のアトラクションに諏訪の人かつらにお面でお猿のかごやを

諏訪湖畔赤彦定子万次師の歌碑読みながら歌友《とも》らと巡る

青荷温泉（青森）

五月末渓谷の地は雪積もり念願適ひて青荷の湯宿

憧れてランプの宿に訪ひくれば女将・客人旧知のごとし

雪解けの水は林を潤してせせらぎ清しく水芭蕉咲く

青荷の湯木立の廻りすっぽりと雪解けなるは木霊のゆゑや

仏国の旅

待望のモンマルトルの丘に佇ちパリの街並眼下に望む

ゆつたりと一日中を絵筆持ち往き交ふ吾らの似顔絵描く画家

オペラ座前スリ集団に会ひたれど腹這ひ頑張り吾らの勝利
（アラブ系女性スリ団）

世界中の自転車レースの出発地わがホテル前選手ら見送る

街歩くノースリーブの人ら皆太陽を恋ふ白夜のフランス

パリの街地下鉄乗れば大勢の注目の的五人の吾らは

ヴェルサイユ宮殿豪華な部屋あれどトイレは無くて後世《のち》の作りと

海に浮かぶモンサンミッシェル修道院巡り昇れば尼さんストライキ中

夫の顔

時ならぬみんみん蟬を両の掌に捕まへたぞと夫《つま》の童顔

夫の飼ふメダカは夏に産卵と今朝一ミリの卵藻に付く

孫たちのサッカー送迎に声かかり夫いそいそと応援にゆく

青空に入道雲の白く湧き田は早緑の対比をなせる

ピンク色の玉すだれの花初に咲き歌ひつつ踊る曲芸浮かぶ
（〽さては南京玉すだれちょいとちょいと曲げれば〇〇〇〇に）

若冲

歌友《とも》のみやげ「若冲」のファイル虎と鶏精緻な描写に鮮やかな色

福島に伊藤若冲の絵画展動植物の命の躍動

二〇一四年（平成二十六年）

市長選

涼風にホッとする間なく弟の選挙運動に奔走する日々

市長選の出陣式に台風は集ふ人等に容赦なき雨

事務所にて速報を待つ勇気なく家居の吾は窓ガラス拭く

神さまの御心なれと祈る吾に弟よりの当選の報

弟の初登庁に集まれる支援者の恩忘るでないぞ

レッカー車に

つくば市のエキスポセンター十字路に直進車来て緩《ゆる》りとぶつかる

助手席のわが前側面拉《ひしや》げをり人支障なきが車動かぬ

レッカー車の前へ三人真ん中は摑む物なく踏ん張る五十分

アンパンマン

戦争の生き残りとふやなせたかしアンパンマンを児等に遺して

（愛と勇気を世界に届け）

暁の空

初春の暁の空朱に染まり家々の窓真つ赤に輝く

新年誌「あさかげ」封あけ息を呑む定子師画《ゑが》く山桜の花

坂道に二羽の子鳩は飛ぶ稽古夫《つま》の車は立ち往生す

電動の自転車の吾を追ひ抜いて少年の自転車空翔るがに

毎月の市報に「市長日記」載り弟にそつと好評メールを

心の風紋

歌集なる小林先生ご夫妻の軌跡寿ぐ心の『風紋』

あさかげの歌集に『風紋』加はりて良き実育む秘訣の溢る

あさかげの歌集正一先生ご夫妻の生きの証の『風紋』紡《つむ》ぐ

家中に「満月蠟梅」香り充ち優しき心われに生まれる

弟の新米市長は講演後「話の速度あれで良いかな」

春の宵

雛巡りに合はせ昭和の写真展亡父の乾板《かんぱん》めでたく陽の目に
ほんのりと紅を秘めゐる猫柳春の宵招く灯《ともし》のやうに

母の背

丸き背の九十八の母に合ふ上着縫ふべく製図を起こす

白寿なる母の上着のしつらへに丸き背撫でつつ仮縫ひ三度

お洒落っぽい上着に喜ぶ母見たし逸る心に手の追ひつかず

健やかに白寿迎へる母の居てジャケット縫へる幸せ思ふ

仕上がりし上着を母は身につけて百人一首に一等賞とる

世捨て人

春の陽も桜も見ずに籠り居る世捨て人のごと四月は過ぎぬ

新役を受けてひと月買ひ替への新機種パソコンやうやく慣れる

あさかげ第五十五回全国大会（東京竹芝）

分科会に助言聞き入る十五階ヌッと顔出す窓清掃員

ビル窓の清掃員は宙吊りのちひさき台に命を託す

自主自律何にも触れて学びゐむ創始者の思ひ今に繋ぎて

宴会の最後を飾る東京音頭各支社まとまり陽気に踊る

頭なで犬の目を見て「留守番ね」困つた顔してひと声ワン！と

鶴瓶の家族に乾杯

「鶴瓶の家族に乾杯」即興に百人一首母は読みたり

声大きく身軽な動きに驚きとテレビ観し友ら電話を呉るる

鶴瓶の訊き出し上手に盛り上がり家族や周囲の笑顔一杯

同行の佐々木蔵之介酒蔵の専門用語に店主嬉し気

この世から作歌の世界に入る時あさかげ誌読みスイッチ切替へ

夏の気

夏の気のわが身に入る心地のす凌霄花《のうぜんかづら》は夏の花色

那須を訪ふ藤城清治の影絵館光と影のファンタジーに酔ふ

中学に入るや部活に忙しき孫に会ひたく朝練見にゆく

集団的自衛権はどう動く戦争知らぬ政治家怖し

中学の曾孫とオセロ対戦し白寿の母は勝って喜ぶ

孫子らに囲まれオセロに西瓜割り冥途のみやげと母は嬉し気

満水の川面に筑波《つくば》山と白雲は逆さに映り流れにとどまる

十六夜の月皓々と世を照らす吾が汚れ見透かすがごと

『森は海の恋人』

畠山《はたけやま》重篤氏と美智子皇后《こうくわう》さまと和歌談話「柞《ははそ》」の森に心通ひしと

『森は海の恋人』の著者石岡の講演会に観客沸かす

美智子皇后さまにヒント頂く

聖書よりヒント頂きネーミング「牡蠣《かき》の森を慕う会」となる

山に木を植ゑし漁師は生徒らを牡蠣の体験学習に招く

秋祭り稽古の笛に蜩《ひぐらし》はカナカナカナカナと合ひの手入れる

ガス灯の夜店の匂ひ懐かしむ御仮殿《おかりや》への道提灯明るし

初なりのいちじく小さき果実なれど甘き粒々歯応へのあり

秋の陽に扇子のやうに羽広げクルリと返す鳩の虫干し

秋風に輪舞ときにはイナバウアー秋桜《コスモス》達の青空舞台

母白寿（十二月）

たらちねの母は白寿を健やかに生かされ家族の祝に潤む眼

子に孫に曾孫総勢十五人狭きわが家は喜び膨らむ

飾り付け色紙に花とプログラム孫ら張り切りアイデア満載

プログラム終盤となり亡父《ちち》の詞をおこさ節にて揃って唄ふ

二〇一五年（平成二十七年）

新春寿ぐ

往く年の総て懐かし来る年の希望に満ちて輝く日々を

元旦にあさかげ誌封を開けたれば踊り出たるは爽やか緑

籠り居て体力落ちし挽回に今年は公園二周を速歩す

与論島の知人に頂くザラメの字又二つ重ね喜界島の産

「叉《ざらめ》」

松に竹蠟梅の香り馥郁と部屋中満ちて寿ぐ新春

大寒の 朝《あした》 芽を出す福寿草　やはらか陽ざしにとんがり帽子

月光の冴え冴えと照る真夜の空　星月雲の妖精の世界

ほつほつと白き蕾の沈丁花冬枯れの庭春がほつこり

予科練平和記念館

震災後四年過ぎてもまだ仮設住居《いへ》の被災者にとく光あれ

阿見町の予科練平和記念館少年兵の特攻もあり

戦没の画学生なる遺稿集　今と異なる価値観かなし

大空を七つの大洋駆け巡る七つボタンの謂はれ腑に落つ

木綿地に型紙のせて裁つ刃先シャリシャリの音に緊張とけむ

一年の役目を終へて解放感家事に夫に重点変へよう

「人の長所見る娘《こ》に育ち感謝です」ケーキに添へた母の日カード

常ならば薬師の祭りの国分寺　桜に代はり細雪降る

生口島（瀬戸内海）

瀬戸田より牧師のつてで嫁ぎ来し友は夫君と諍《いさか》ひ無しと

瀬戸内のしまなみ海道開通後名所巡りに泊り客なし

賑はひし昔は夜の十時迄今は寂れてシャッター通り

三原より船着き場への道沿ひに蛸《たこ》の干物と潮の香充つる

生口島《いくちじま》の平山郁夫美術館《ひらやまびじゅつかん》訪ぬ地元の子らの絵の上手《うまい》こと

尾道の耕三寺訪ふ華やかな陽明門めく彫刻優美

瀬戸内の生口島にて逢ふ人の言葉やはらか京都と紛《まが》ふ

桟橋を降りるとすぐに旅館にて魚料理にレモン風呂待つ

あさかげ第五十六回全国大会（下諏訪）

諏訪の地に五十六回大会を支社の報告聞きつつ羨《とも》しむ

茅野の丘墓所に横たはる仮面土偶四千年の眠りから覚む

名の通り霧ヶ峰高原霧深し蓮華つつじの艶やかな色

大会後ホテルのバスにて観光を県外者優先配慮細やか

白き自転車

颯爽と白き自転車に乗る乙女水色スカート靡かせて行く

梔子《くちなし》の白き花びらままごとの大盛りご飯に使ひし遠き日

あかあかと燃ゆる夕陽よわが生も燃えてひと日を送りてゐるや

健やかに白寿なる母気の若く桜の絨毯飛びてポーズす

曇り日に夫とじゃが芋掘り起こす大きが出れば声を上げつつ

戦後七十年

無謀なる戦争敗けて七十年過ち二度と繰り返さないで

痛ましき報道多き世となりて国の為にと逝きし人如何に

ノーベル賞受賞

人の為二億人の目救ひしと大村智《さとる》氏ノーベル賞受く

ニュートリノの定説変へてノーベル賞恵まれきしと梶田《かじた》隆章氏ゆかし

大空に秋を知らせるうろこ雲見とれる内に茜となれり

四百年振りの大雨に温暖化重なり地球は悲鳴あげてる

秋風にコスモス揺れて夕べには釣瓶落しのやうな日没

赤まんま

児を抱く姿のやうに手を前にからからとなりし空蟬ひとつ

大雨の音に負けじと蟬たちの大合唱に奮ひ立たさる

田の道に華やぎて紅き赤まんま父と歩みし彼の日も小春日

合併の十周年なる式典に市長の弟喜びや如何に

田に植ゑし蕎麦の刈られて茎跡は朱に華やぎ麦秋彩る

二〇一六年（平成二十八年）

蕗の薹

平和日本

真っ青な空に柿の実照り映えて人絶えし家は鳥の楽園

おにぎりの一つに鮭・梅・昆布入れ孫のパクリを眺めるが好き

稚拙なる吾《あ》が問ふ文に答賜ふ選者師の文宝の小箱へ
（小林正一師）

あら玉の年の初めに手を合はせ健康な身を父母に感謝す

姿佳き鬱金香《チューリップ》描かれあさかげ誌春はピンクの色に始まる

正月に酢蓮《すばす》食むのは何故《なぜ》と孫　夫《つま》すっぱいは成功のもとと

中三と六年の孫背丈伸び柱に印又つけてゆく

春の息吹

風雪に夜来の雨は田の面に渦潮《うづしほ》模様の氷の芸術

大寒の紺碧の空に数十羽渡り鳥らは来たか行くのか

土中は春の息吹や福寿草在り処かすかな大寒の朝

暖冬の睦月を過ぎて異常気象日本全土に雪だるま模様

碓氷峠越えてツアーバス転落に無念の若人霊安らかに

夫の手術

七ヶ月腰の痛みに通院の夫やうやく手術にこぎ着く

目を覚まし必ず戻ると夫《つま》の言ひ脊柱管狭窄《せきちゆうかん》の手術に向かふ

七時間の手術に耐へて目覚めたる夫にわが声こゑにならざり

歌友よりこれから日に日に快方よと励ましのメールに力を貰ふ

未来に羽ばたく

中学と高校と制服身につけて挨拶の孫はちよっぴり胸はる

五年前津波に逝きし父に娘《こ》は「風の電話」に初めての涙

石岡の駅正面に大壁画霞ヶ浦《かほ》に筑波《つくば》山に舞ふ鶴描かる

常陸国《ひたちのくに》風土記にこの地に鶴舞ふと弟の夢未来に羽ばたく

照る日曇る日

陽にひかり蔭にもなりて桜花　照る日曇る日人の世に似て

友の孫の新人演奏会カルメンのハバネラの曲懐かしみ聴く

熊本の活断層の凄まじさ日本全土は地震《なゐ》の国なり

木の化石とふメタセコイアを目印に弟の家山路を辿る

夕映えに水田は染まり茜色そよ吹く風にさざ波よする

従弟樟ちゃん逝く（七十一歳）

難病を抱へ十八年働きし樟ちゃん古希迄頑張りました

疎開して鮒やめだかに蛍狩り従姉弟に連なり楽しき想ひ出

若きより働き者の樟ちゃんは妻を愛して良き子三人

母屋隠居離れに倉庫と建替へし三つの仕事巧みにこなす

火葬後に骨太の人と係員脛骨カシャッと折られ壺中

三浦綾子の読書会の旅

三浦綾子の新婚の家移築せし塩狩峠に永田氏偲ぶ

塩狩の記念碑の辺に新婚の夫婦の歌碑に頬のゆるみぬ

十勝岳の泥流覆ひし上富良野復興なしたる村長の像

旭川の優佳良《ゆうから》織りは手作業に染めから織り迄職人の冴え

三浦氏の秘書宮嶋氏がガイドをし在席の教会で講演も聴く

ヴァイオリン・リサイタル（つくば市ノバホール）

風邪薬の副作用にて失明す川畠成道氏齢《よはひ》八歳

八歳時命支へてくれし人々に感謝を込めてアベ・マリア弾く

雲流れ広ごる空に海の中弦の響きは無限に届く

演奏のあひ間にマイク受くる手の空浮く刹那に不自由さ知る

朱鷺色の炎

朱鷺色《ときいろ》の二本の雲が立ち昇り炎なせるや夕空のショー

朝起きて首の廻らず大慌て食事も摂らず医者へ直行

頸椎と脳のＭＲＩを撮り診断待つ間悪しきを思ふ

三日間何も食べずにその後に玄米重湯の上澄みを食む

「いつまでもあると思ふな健やかな身体と心」身に沁みた夏

一瞬の虹

雨止みて目の前の山に光さし大きな虹が一瞬あらはる

蕎麦畑に姉さんかぶりの祖父母ゐて笑顔懐かしわが原風景

難問題次々にくる新都知事信念貫け応援してるよ

藤原龍一郎氏立ち上ぐ
夏の陣ビブリオバトルに初参加わが手震へしが動じぬ学生

霜月の末に珍客雪の精木々に畑に綿帽子覆ふ

姪の花嫁（茜ちゃん）

イルカらと話すを職に選ぶとふ姪選びしは山男なり

愛し合ふ人に出会ひし喜びよ笑顔のひかり永遠に輝け

「わがままを聞いてくれててありがたう」涙押さへて父母へ感謝す

大学のバレー部員はユニホームに替へてダンスに歌にのりのり

新年の歌ハミングし青空へ濯ぎ物干し佳き日々祈る

二〇一七年（平成二十九年）

帰省の娘

東《ひんがし》の厨の窓は火の色に急ぎ開ければ初日の出なり

故郷へ六年振りの帰省の娘「此処は静かで風柔らかい」

チワワ連れインコ二羽らの世話をして「この子ら私の天使達なの」

甘えたき思ひ押さへて怒り狂ふ娘の胸内を確《しか》と聴かうぞ

娘は吾に幼き頃の生き辛さ話せなかつたと大粒の涙

前になり後ふり返りさんざめく登校の子らに朝日差しくる

身支度の不自由になりし夫《つま》に添ひ靴下履かせは朝の仲良し

ゆくりなき雪に集会中止なる日がな一日歌集ひもとく

「蟬丸」とふ能見て思ふ古《いにしへ》の障害びとの生きる難儀さ

家族して落語を聴きて大笑ひ桂文楽の蕎麦啜る音

鬼は外撒かれし豆の傍らに蕗の薹そつと顔を覗かす

魚の八角

亡父《ちち》に似て文学好きな妹に短歌奨めど承認されず

魚屋に八角といふ魚あり八角親方思ひて買ひたり

八角は見かけによらず癖の無き白身の魚塩焼き旨し

常陸野《ひたちの》の大覚寺内に歌碑のあり九条武子の生きの寂《さみ》しさ

ひと月に一度プレミアムフライデー格差社会に広まれば幸

人工知能

囲碁の界に人工知能の現れるを名人棋士ら喜びと言ふ

これからの人工知能に欲しきもの大脳の役目論理的思考

囲碁棋士は機械の進化に自らも深く学べてありがたきと言ふ

囲碁九段に人工知能の勝つを見るいづれ短歌《うた》へも挑むや汝《なれ》は

幸福度何に測るや日本は百五十四ヶ国で五十三位とふ

不審船（新潟県出雲崎）

十日町の布海苔《ふのり》の入るへぎ蕎麦は井桁の木枠に波のごと置かる

良寛の生誕の地なる出雲崎「不審船見しは通報」の掲示

柿若葉そよぐ畦道目の前を流線形に初燕飛ぶ

明日葉は身体に良きと植ゑし夫　葉裏やはらに青虫四つ

空中に七色光る細き糸朝露含み蜘蛛の巣危ふげ

あさかげ第五十七回全国大会（下諏訪）

あさかげ誌隔月刊行　世の流れスリムな会計満場の知恵

夕闇の諏訪湖は輝く照明に懇親会の余興沸きたつ

横浜の六人一室遅く迄心を開き泣き笑ひあふ

糸都《しと》岡谷先人の知恵結集し宮坂製糸繰糸機今も

江戸末期フランス仕込みの製糸機に岡谷の生産世界一なり

藤原道山×ＳＩＮＳＵＫＥ（ノバホールにて）

尺八の音色は海の霧笛なり広く懐かしき想ひふくらむ

尺八に5オクターブのマリンバは世界最小のオーケストラなり

上弦の月は中空にほの白く西の青空夕映え広ごる

文月にはや虫の鳴き夫《つま》の言ふ世のスピードに合はせゐるらむ

ピンク色のシャツの似合ひし好美さん溌剌として西瓜持ち来る

長崎原爆記念式典

台風の長崎の空飛ぶ孫に戦地へ息子送る心地す

空港を予定より遅れ三時間長崎着は真夜中なりと

長崎の原爆記念式典に孫はチラリとテレビに映る

四日後に無事に帰宅とメールあり中二の男孫の熱き体験

天と地を指さし平和を願ふ像七十年経し日本は如何

ノーベル文学賞受賞

北朝鮮不穏の時に　政《まつりごと》　空白は恐《こは》し何ごと無きやう

ノーベル文学賞カズオ・イシグロ氏久方振りの朗報嬉し

植ゑし覚え無きに広場のをちこちに神の造形彼岸花咲く

コスモスは儚げさうで強き花　風倒してもしつかり根の生ふ

市長選挙不戦勝（十二月）

雨男と言はれし弟の市長選出陣式は又も大降り

市長選出馬希望者現はれず現職市長の不戦勝なり

二〇一八年（平成三十年）

筑波山　霞ヶ浦に黄色のあさざの花

旧きもの携へ

新しき年を迎へぬ旧きもの携へ今年の光を浴びて

睦月二日満月の光《かげ》皓々と今宵の初夢如何なるものを

あらたまの年の初めに思ひしは作りたる短歌《うた》を声にし歌ふ

謡曲の桜川で有名、茨城県桜川市旧岩瀬町

平安の世に建ちしとふ磯部神社桜の他に「ハガキの木」もあり

紀貫之《つらゆき》の歌碑の字難し武部《たけべ》靖江氏に写真送付しご教示を請ふ

真白き山

弥生尽《じん》夜半に雨より雪になり筑波全山真白く耀ふ

歌ひつつ朝餉の仕度する吾に「どこの歌手かな」夫《つま》の入り来る

夫の手術（三月）

足腰の痛み長きを夫耐へて股関節再置換に踏み切る

夫の手術入退院の送迎は懇意な友らの配慮のお陰

退院し婿殿と酌む酒の味ご満悦なる様子をパチリ

担当医「前より良くなる」と答へしが自転車乗れなくしやがむも出来ず

リハビリ後歩行昇降難儀なれど痛み無きこと良しとすべしか

ひと月の夫の留守中の犬の散歩　吾の言ふこと解りて従順

飼ひ犬は行くと思へば力づく青年期ゆゑ吾も引つぱる

退院しリハビリの夫の在宅時甘えて舐めるは顔も手足も

地球の影

寒空にスーパームーンは徐々に欠け地球の影の輪赤銅色なる

天体ショー輝く満月三時間皆既月食終はり赤月

オリンピック

スピードスケート金の奈緒選手《なおさん》ライバルの悲嘆に駆けより涙の抱擁

外来語ポンポン飛び出る解説に辞書を片手にオリンピック観る

桜苗植ゑて八年未だ咲かず今年咲かねば伐《き》ると夫《つま》言ふ

待ちかねし白き山桜一輪咲く大声出して夫を呼びたり

あさかげ臨時大会（下諏訪六月）

あさかげの良くなる為に意見出す苦境乗り越え地盤固まる

大会の濃密プログラムに全員の歌評もありてこれぞ本懐

無言館主は窪島誠一郎、父親は水上勉

口を噤《つぐ》み見えぬものを見眸《め》をあけて聞えぬ声をと無言館主は

戦没の画学生の霊　虫になり森のアートへ来る人恋ふや

上田より高原電車の一両はハモニカのやうに信濃路走る

そつくり返り

決勝迄金足農の校歌幾度そつくり返りの姿ユニーク

二歳の男児《こ》捜索人に名を呼ばれはつきり答へ奇跡の救助

夏来ると七月の蟬鳴き初《そ》むる吾が心辺はいまだ梅雨なり

夫の飼ふ鈴虫鳴く季誤るや今年の夏は自然が狂ふ

百二歳の母は晴れやか笑顔にて「カレー食べたいと思つてゐたの」

温暖化警告

各国の洪水砂漠化海水の増加を映し首長に警告

温暖化取り組む国と拒む国みんなでやらねば地球は破滅

米国の副大統領アル・ゴアは地球温暖化の真実映画に

十五年振りに火星の地球に近づきぬ月と火星は並びて紅し

母の最後

八十路まで書店営み自を律し身体動かし植物愛す

霜月は母の行事の目白押し　鹿島・笠間と史蹟のお客

孫達に電話でお別れ跡継ぎの男孫《まご》に「末期《まつご》の水とってネ」と

掛かりつけの医師脈をとり瞳孔見「あと五分です、ご臨終です」

まだ温き母の顔拭き化粧をし仕上げは姪がほんのり頬紅

里の家階段に座る母朧《おぼろ》　歌声のして近づけば消ゆ

二〇一九年（平成三十一年　令和元年）

気高き姿

田起しのゴロ土ぬいて餌探す雄雉一羽気高き姿

菜種つゆの寒さに着ぶくれ長靴の吾をあやしみ飼犬吠える

寒き雨鷺三羽公園の梅には行かず欅に留まる

ヘリコプターわが上空を飛び廻り遠のく見れば蜻蛉《とんぼ》に似たり

桜咲き人等は花見に繰り出せど吾は汗して一人畑打つ

あさかげ第五十八回全国大会

あさかげの五十八回大会に代表の交替苦渋の決断

式典後大会用詠草抽出し歌評に学び楽しさ味はふ

夕食後委員集まり遅く迄今後のあさかげ話し合ふとふ

分科会の歌評助言の真剣さ短歌の学びに心の燃ゆる

長年の小林代表の重責と支へる夫人に思ひを馳せる

加波・葦穂・筑波の連山裾野よりピンク若草ほんのり春色

梅雨晴れの真つ青な空に入道雲わが居る所海かと紛ふ

梅雨晴れ間うす紫の夕空へ光やはらに白鷺の飛ぶ

宮城へ墓参（六月）

母送り戦死の父の墓参にと宮城の小牛田《こごた》の空晴れ渡る

二十八歳の軍服姿の父凛々し待つてゐたよと目差しやさし

長年の無沙汰を詫びて墓参なす伊藤家の家族歓迎下さる

伊藤真の名と小牛田の地のみの知識にて本家捜すは至難の技か

あまたある寺より選び三つの内初めの電話の檀家とは奇《くす》し

実父《ちち》の甥八十歳の吾が従兄　幼き吾を覚えてゐたと

従兄の息子《こ》伊藤本家の　主《あるじ》言ふ「貴女の眼、真さんに似てゐる」と

当主夫婦吾と妹二人分新幹線の往復切符送付下さる

父の写真・満州兵役賞状に家族の写真を用意下さる

昼食は若奥さまのおもてなしお寿司に惣菜六人の笑顔

若夫婦小牛田駅迄車にて送らるる道地震《なゐ》のひび割れ

ノーベル化学賞受賞

吉野氏のノーベル賞の受賞決まり国を挙げての喜びに沸く

スマホ始め人工衛星・新幹線リチウムイオン電池の開発

剛と柔執着を持ち研究を妻と並びて笑顔の吉野氏

庭に見る夜来の嵐去りし朝駐車場の屋根跡形もなし

丈高き紫苑《シオン》にコスモス・タラの樹は薙ぎ倒されて平らなる原

川縁《かはべり》の二階家つぎつぎ濁流に呑まれゆくさま映像は見す

孫のちぐはぐ

「まあきれいお花一杯ありがたう」墓に懐かしき母の声聞く

師走七日雨降り寒き本堂に一周忌法話は三蔵法師

墨染の宙に金星と月接近　夫の呼ぶ声に急ぎ出で行く

鳥達の住みかの林伐られゆく風雨に寒さ何処に凌ぐや

霜月尽雨戸開くれば大霜に仕舞ひ忘れし君子蘭萎《な》ゆ

日曜の朝六時よりＮＨＫ短歌いそいそテレビの前に

背丈伸び声変はりして脛毛出で顔あどけなき孫のちぐはぐ

二〇二〇年（令和二年）

あけび

黎　明

黎明の空一点より新年は輝く光伴ひて来る

雲間よりエンジンの音響き来てハンググライダーは吾が家の上に

筑波嶺を目指し銀輪並び行くリンリンロードを犬も付き来る

道すがらほのかに薫る蠟梅の花弁は確と花芯を守る

節分

鬼の面被れる吾を追ひかけてこの時ばかりと豆撒きちらす

立春のやはき気温を寿ぐや福寿草の花金盃かざす

忍　者

噴霧器に室内除菌し靄の中マスクの吾ら忍者の気分

あつぷつぷ次はひよつとこ右左しかめつ面《つら》して顔若返り

菜の花の咲ける庭畑夕日さし唱歌そのままわが窓に見ゆ

細長き首を寒さに震はせて春よ早くとラッパ水仙

庭の面《も》を覆へる白き花韮《はなにら》の星型明《さや》かに照らす満月

土筆伸び春めく土手を駆け登る犬は時々吾を振り向く

コロナ禍の季

雨後の宵青墨色の中空にオレンジ色の満月かかる

稲光りに怯える犬が哀れよと夫は抱きて寝室《へや》に入り来る

藤原定家の恋

花風車定家《ていか》蔓《かづら》の恋心昔を今に永遠《とは》の情熱

コロナ禍に命軽々失はれウイルス戦《せん》はいつ迄続く

半生を拉致されし娘《こ》の救出に再会叶はず横田氏の逝く

電子辞書妹よりの贈り物軽くて重宝座右の友に

トマト色の月

コロナ禍に豪雨被災地支援策　為政の模範民へ示して

若ければ泥除け奉仕夫ともに進みて行きたし悔しき心地

長雨に気がくさくさし空を見る黒雲湧きてゆつくり北へ

雨音とミシンの音のリズム合ひ夏ブラウスの早く仕上がる

八月の四日梅雨明け七日には暦は立秋夕暮涼し

夕食時厨の窓の低き位置トマト色なる大き満月

師走入りコロナの三波　東京は六百人超え医療の不安

妹より青森リンゴ送られてパリッと歯応へ味はジューシー

心開き

心開き日々にすべてを丁寧に見れば気づきの数々のあり

紫のはじけて白きアケビ三個「画材にいかが」と娘持ちくる

十五夜に団子は十五供へると母娘の会話　空に紅月

治まらぬコロナ禍に怠《だ》れ油断する心戒め体力作り

二〇二一年（令和三年）

芒の輝き

真白なる帆は風受けて奔り行く霞ヶ浦の公魚《わかさぎ》漁船

昨年より新型ウイルス早や一年吾らは慣れて自粛も緩む

わが畑の十センチ育つ莢豆に枯枝を立て寒さ除けなす

東《ひんがし》の空明るみて黄金射す白き綿雲放射に煌めく

堤防の芒穂並べて朝日受け点に輝く　モネの絵浮かぶ

泣き笑ひ

令和三年初日昇りて黄金《こがね》色家々の窓朱に照り映ゆ

五年振り石川佳純優勝すガッツポーズ後泣き笑ひの相

若き日の会津に見たる風花《かざはな》を四十年経て石岡に見る

従姉悌子さんの急逝（八十八歳）

寒波来て独り居の従姉入浴時ヒートショックに突如逝きたり

駆けつけし息子《こ》は知る母の暮らしぶり明日の米研ぎ寝床整へ

息子語る母は家族の道しるべ　これより自分がその役担ふと

陽春の変

穏やかな空は俄かに掻き曇り疾風《はやて》の後に雹の落ち来る

川べりの野焼きのあとの肥沃土につくしスカンポ早くに生ふる

春の日の光川面に反射せし燦めく星の波上に幾つ

つばくらめ地上すれすれ翻《ひるがへ》りシャッター通りをわが物顔に

救急車市内に受け入れ先のなく他市病院を捜すに五十分

適切な治療に痛み和らぎて話すこと出来検査は後日と

チチンプイプイ

丁寧に田の畔塗《くろ》られ水張の音はゴウゴウ怖がる飼犬

畑縁に赤カブ植ゑむと耕せば今年は何故か蚯蚓《みみず》の多し

茄子畑に薄紫の花咲きて喜び束の間葉虫の被害

真夜中に背中痒しと夫の起き枇杷酒つけつつチチンプイプイ

布団干しお日さまの匂ひ母に似て心地のよさに滑り込みたり

一日中風吹き荒れて夕焼けは不気味な深紅火群《ほむら》のごとし

東京オリンピック　コロナ禍開催

柔道の男女次々メダル取り礼儀正しさ際立ちてをり

卓球の混合ダブルス名コンビ念願の金日本へ奪還

コロナ禍の五輪開催を感謝すと外国選手は口々に言ふ

「南方の海にポコポコ台風が」気象予報士独自の物言ひ

公園の大樹の根元に穴あまた児らにきかれて夫の出番

梅雨明けの夕陽茜をほしいまま東の家々ピンクに染まる

二〇二二年（令和四年）

スマートフォンの旅

県境を六つも越えて岐阜可児《かに》市乗り換へ瞬時スマホでの旅

コロナ禍の暑き日写真の整理なすタイムスリップ作業の進まず

患者数減るはワクチン接種ゆゑか次波の狭間か不安ぬぐへず

夕焼けの雲は黄金に縁どられ空は茜のグラデーションに

子育ての友らラインに十五夜の団子作りを教へ合ふなり

無花果《いちじく》の枝を撓めて捥ぎ取らうとカミキリ虫の髭にたぢろぐ

聖火ランナー（友の息子　小松崎直也君）

中二どき白血病に骨髄の移植母より受け三十年

病む身にて好きな野球もサッカーも未来への夢ことごとく消ゆ

病院に職場に友に支へられ感謝の心でランナー応募

テロップに聖火ランナーの動機知り思はず熱き涙溢るる

放射線治療続けて長き年子供はなきが妻傍らに

病にて苦しむ人へ良き事の必ず来るを信じてと笑まふ

口笛コンサート

千人の会場間をとり二百人口笛コンサート初にワクワク

オミクロン株広がりて主催側「中止令無く終はりたい」とふ

口笛の世界チャンピオン柴田《しばた》晶子氏は語りの中に品位を保つ

ピアノ・バスのコラボに口笛高く澄み森の小鳥の鳴き声に似る

受験後に悄気《しょげ》てる孫に「君からの賀状当りぬ幸先良し」と

ライトアップ（愛宕園）

温子《あつこ》さんの退院祝ひに百年余の庭の桜木ライトアップす

退院し会話かなひし温子さん　夫《つま》と息子《こ》喜び思はず涙

母の為息子《こ》は車椅子載せる道厚板削り玄関外迄

隣り合ふ桜の木の間に顔を出す上弦の月スマホに撮す

天覆ふ二本の桜にライト六つ濃淡妖しき幽玄の世界

夜も更けて月は上空に澄みわたり今を盛りに花見してゐむ

緑の真珠

亡き母のグリーンピースのご飯恋ひ豆栽培の思ひふつふつ

まろき葉に細き蔓のび頼りなし藁に篠竹寒さ対策

冬空も豆には要と人われら若き労苦が滋養となるや

春光に雨水身に受けピースの花白く咲き初《そ》め蝶の舞ひきぬ

ふくよかな莢を開くれば七つ八つ緑の真珠光り連なる

返信のメールは「二次で挽回す」男孫穏やか成長を見る

お兄ちゃんバイトで買ってくれたのと紅白ズックの孫はまぶしき

憂ひの夏

この夏に卒寿半ばの元兵士これ迄語らぬ口を開きぬ

大東亜共栄の為と銘打つも武器弾薬も尽き餓死せし兵士ら

原爆に逝きし弟背に負ひて荼毘《だび》待つ少年写真は残る

日本の侵略戦争の轍を踏むロシアよ民の平和求めよ

戦争はいつまで続くや人命を第一にして欲はかかない

ウクライナの独立戦争の映画見る苦難舐めるは弱き民なり

半世紀地域のテニスの振興に情熱かけし夫傘《つま》寿なり

二〇二三年（令和五年）

石岡　陣屋門

光の海

東《ひんがし》の空ひとところ茜さし光の海となりし曙

二十二と十九歳の男孫居て世界平和を日々祈るなり

大霜に白き屋根やね朝の日に光煌めき瞳にまぶし

わが庭のをちこちポコポコ小山いで土竜《もぐら》は春の活動開始

母遺す鉢植ゑの梅地に下ろし早緑の蕾数多《あまた》つきたり

立ち枯れの枝を透かして紫とピンクの夕映え息呑みて佇つ

遅き春

春の陽に田起しの土黒々と小鳥寄り来て田の虫を食む

畦道にすみれタンポポ遅き春首長くして笑顔に迎ふ

一浪し此度は二つ受験せし本命叶はず男孫の無念

通学は無理な私大に合格し遊学したしと父親説得

独り暮らし先づ食べること心配し料理実習十日の特訓

貴彦よ未来に羽ばたけ吾が道を失敗恐れず真っ直ぐ進め

あさかげ東京近辺合同歌会

五月末戸越銀座にあさかげの東京歌会初に開かる

あさかげの東京近辺十九名　空白吹き飛ぶ懐かしき面《おも》

「思ふ事臆せず話さう」趣旨に添ひ皆忌憚なく発言前向き

司会者に歌評講評質問は四年振りなる歌会ときめく

ラッキーチャンス

この夏を節目の年とドック受けまさかと思ふ病見つかる

西の窓開けるや木犀かをりたち濃き橙の花星幾つ

道に沿ひ南につづくコスモスに道行く人の明るき笑顔

土いぢり病気に障ると医師の言ふ畑の返還ラッキーチャンスに

夫の飼ふ鈴虫四箱が玄関に満月恋ひて一夜鳴きつぐ

良き妻にも良き母にもなれず傘寿にと来し方省み悔ゆることのみ

主が与へ主が取り給ふこの命御言葉どほりと心諾《うべな》ふ

一生涯癒えぬ病と若き医師　人にうつらぬと聞きて安堵す

皆既月食

コロナ禍に結婚をせし若き甥　一女のパパの役目しつかり

赤銅の色影徐々に月覆ひ地球の丸さ知らす皆既月食《げつしょく》

戦国時皆既月食に信長は月の欠けるをいかに思ふや

冬空に夫婦《めをと》筑波の谷に光る夕陽の紅点初めて目にす

二十五年前

更地借り瓦・トタンにガラクタを除く作業に開拓者しのぶ

地主には地主の都合これ迄の農の感動感謝し仕舞ふ

原発汚染水

原発の廃液希釈し放流す五十年の約束誰が守るの

原発の廃液恐ろしし汚染水　海に流され生態憂ふ

瑞牆《みづがき》の登山の帰路に乙女吾らヒッチハイクを怖々《こはごは》したる

隣り家の新築場より聴こえくる歌は毎日「丘を越えて」を

追憶　Ⅰ（実父伊藤真　二十八歳戦死）

硫黄島へ出立の令横須賀へ父の親友と母と見送る

母に抱かれ小《ち》さき両手に出兵の父より賜ふ氷砂糖を

疎開先の母の実家に戦死報続いて遺骨白木の箱が

双股の小枝白木の箱に立ち揺らせばカタカタ父は語るや

母と伯父、三人連れ立ち父の郷宮城の小牛田へ葬儀に向かふ

昭和二十年

祖母織りし黒の絹地を五歳の吾に喪服夜なべに作りし母よ

横浜の空襲五月に家焼失し着のみ着の儘母の実家へ

追憶　Ⅱ（養父今泉義文　五十六歳〜八十六歳）

家庭裁判所の手続終へて

膝を折り目を六歳の吾に向け「本当の父さんになれたよ」と

物無き世吾の習字に絵のバッグ糸針使ひ手作りくれし

戦後母相次ぎ兄逝き石岡の太平堂書店《たいへいどう》の主となりたり

兄弟で地域の文化向上に尽すと「店訓」掲げて在りたり
（昭和二十三年頃の掲示が記憶あり）

石岡の名所旧跡調査をし史蹟保存の会報を編む

冤罪《えんざい》の民救出と石岡へ検察審査会開設したり

街中に百人一首を広めたり競技会での楽しき賑はひ

石岡の小唄作詞し踊り添へ町や会社の行事に華添ふ

兄雪耕父砕巌の雅号持ち著作に俚謡に情熱かける

昭和二十九年国分寺へ大三味線奉納

都々一坊初代扇歌の終焉地百年祭のパレード催す

陣屋門保存に尽力した父よ元位置にせし息子《こ》へ微笑の褒美を

病む吾を背負ひて寒夜を病院へ父の温もり忘れ難きよ

敗戦後父と神田の街を訪ふ公園に並ぶ靴磨きの孤児

県立の歴史館にて今泉《いまいづみ》義文の戦中戦後の写真常設に

跋

優しさと慈しみ

藤原龍一郎

酒川千鶴子さんとは面白いご縁がある。

私は一九七二年に早稲田大学の文学部に入学したのだが、同時にサークル活動として、ワセダミステリクラブに入部した。ミステリ、推理小説、ＳＦ等の愛好者のサークルである。ここで同じく新入生の今泉文彦君と出会った。彼は身長百八十センチを超えるスリムな体形の美青年、茨城県の石岡市から二時間近くの通学時間をかけて、早稲田まで通っていた。家は書店を営んでいるとのことで、さすがに読書好き、長い通学時間は読書に集中し、自分で小説も書いていた。私は初対面の時から、彼とは気が合って、ワセダミステリクラブ員の溜り場であったモンシェリという喫茶店で、最近読んだ小説の話や見た映画の話など、夢中になってしゃべりあった。

ここで、一気に四十五年の時が流れる。その間に、今泉文彦君は石岡市役所の職員になり、その後、石岡市長選に立候補、みごとに当選して石岡市長になっていた。文化行政に力を入れる今泉市長は、図書館の充実をはかり、石岡市立中央図書館の別館として、「こども図書館本の森」を開設した。そのオープニングに、読書啓蒙活動に理解のある作家を呼んで、講演していただきたいとのことで、今泉市長から、久しぶりに私、藤原に連絡が入ったのである。

私は歌人で作家である東直子さんに連絡をとり、講演のオーケーをいただいた。東直子さんの講演は二〇一七年四月一日に石岡市立中央図書館でおこなわれた。東直子さんのアテンドで私も現場へ行き、市長となった今泉文彦君に久しぶりに再会した。そこで紹介されたのが、酒川千鶴子さんであった。

「ぼくの姉です。」

つまり、酒川さんは、私の学生時代の同級生・今泉文彦君の実のお姉さんであったのだ。短歌をつくっていることも、その場で教えられた。

その後、私は今泉市長の要請で、図書館の文化催事のアドヴァイザーとなり、ミステリ作家の北村薫さんや歌人でエッセイストの穂村弘さん、放送作家の藤井青銅さんの講演会を企画実施したのだが、酒川千鶴子さんは、そのほとんどの催しに出席してくださった。

このようなかたちで知り合いになった酒川千鶴子さんの歌集が、このたび出版されることになり、私が跋文を書かせていただく次第になったのである。

自然の歌、家族の歌、旅の歌、そして事象の歌と、この歌集には多彩な視点の歌が収められている。どの歌に関しても言えることは、一首の中に作者の視点がゆるぎなく存在しているということである。

外国に日本を広め書物記し武家娘娶る小泉八雲は

アラスカに漂着すとふサッカーボール地震《なゐ》より一年津波のゆくへ

集団的自衛権はどう動く戦争知らぬ政治家怖し

梔子《くちなし》の白き花びらままごとの大盛りご飯に使ひし遠き日

ノーベル文学賞カズオ・イシグロ氏久方振りの朗報嬉し

この五首を読むだけでも、酒川千鶴子が世間のあらゆる事象に目配りをしていることがよくわかる。

一首目は、島根県の旧小泉八雲邸を訪れた際のもの。「武家娘を娶る」という表現が、八雲の人生のキーポイントに触れている。二首目は、東日本大震災の折に漂流した高校生のサッカーボールが、震災から一年余を経た二〇一二年四月にアラスカ沖のミドルトン島の海岸に漂着したニュースを踏まえている。私もこのニュースは記憶にあるが、このように短歌に詠まれると、奇跡的な事象だったのだなという認識を新たにする。三首目は時事の歌。集団的自衛権という政治の判断に、戦争体験者としての庶民としての視点から、その危険さを詠っている。四首目は眼前の白い梔子の花から、幼い頃のままごとの記憶を導き出している。「大盛りご飯」という具体的な表現が効果をあげている。最後の一首はカズオ・イシグロのノーベル文学賞受賞を寿ぐ歌。「朗報嬉し」というストレートな表現に読者は共感できる。

次に家族の歌を読んでみよう。

敬へる父二人居て恥づかしくない生き方と思ふ思春期
神さまの御心なれと祈る吾に弟よりの当選の報
弟の初登庁に集まれる支援者の恩忘るでないぞ
毎月の市報に「市長日記」載り弟にそつと好評メールを
「鶴瓶の家族に乾杯」即興に百人一首母は読みたり
鶴瓶の訊き出し上手に盛り上がり家族や周囲の笑顔一杯
中学の曾孫とオセロ対戦し白寿の母は勝つて喜ぶ
子に孫に曾孫総勢十五人狭きわが家は喜び膨らむ
「人の長所見る娘《こ》に育ち感謝です」ケーキに添へた母の日カード

故郷へ六年振りの帰省の娘「此処は静かで風柔らかい」
身支度の不自由になりし夫《つま》に添ひ靴下履かせは朝の仲良し
足腰の痛み長きを夫耐へて股関節再置換に踏み切る
リハビリ後歩行昇降難儀なれど痛み無きこと良しとすべしか
百二歳の母は晴れやか笑顔にて「カレー食べたいと思ってゐたの」
八十路まで書店営み自を律し身体動かし植物愛す
二十八歳の軍服姿の父凛々し待ってゐたよと目差しやさし
実父《ちち》の甥八十歳の吾が従兄　幼き私を覚えてゐたと
墨染の宙に金星と月接近　夫の呼ぶ声に急ぎ出で行く
真夜中に背中痒しと夫の起き枇杷酒つけつつチチンプイプイ
半世紀地域のテニスの振興に情熱かけし夫《つま》傘寿なり
母に抱かれ小《ち》さき両手に出兵の父より賜ふ氷砂糖を
疎開先の母の実家に戦死報続いて遺骨白木の箱が
膝を折り目を六歳の吾に向け「本当の父さんになれたよ」と
兄弟で地域の文化向上に尽すと「店訓」掲げて在りたり

都々一坊初代扇歌の終焉地百年祭のパレード催す

数多い引用となったが、この歌集のもっとも大きな主題である家族の詠われた作品を読んでみよう。実父と養父の二人の父、長寿の母、夫、娘、孫、市長となった弟等々、多くの親族が詠われている。

どの歌も一読して理解できるものばかりだが、少し具体的に作品に触れてみると、二首目から四首目までの歌は、弟の今泉文彦氏の市長当選にかかわる歌。「支援者の恩」とか「好評のメール」とか、肉親の姉ならではの感情が巧みに表現されている。「鶴瓶の家族に乾杯」を始めとする母の歌は、百人一首やオセロゲームが得意で、八十歳になっても書店を経営していた元気で明るい母の面影をリアルに想像することができる。

「人の長所見る娘《こ》に育ち感謝です」の歌からは、お嬢さんとのきわめて良質な母と娘の関係を彷彿とさせ、十一首目の「朝の仲良し」や十九首目の「チチンプイプイ」の歌からは、長年馴染んだ妻と夫のうらやましいほどの姿が浮かびあがってくる。

一首目の「父二人」を始めとする父にかかわる歌については、あらためて解説が必要かもしれない。酒川千鶴子さんの実の父である伊藤真氏は酒川さんが幼い時に出征して、二十八歳で戦死されている。その後、戦争が終わってから、酒川さんのお母さんが養父となる男性と再婚されたということなのである。

最後の三首がその養父を詠ったものである。「本当の父さんになれたよ」の歌にはその養父の人柄があらわれている。次は経営されていた書店の「店訓」ということだろう。最後の歌の都々一坊扇歌とは、江戸時代末期の芸人。寄席で政治風刺の都々一を歌って、大人気を博したが、風刺が過ぎて江戸を追放になり、姉の嫁ぎ先であった石岡にやってきて生涯を終える。養父の今泉義文氏はこの都々逸坊扇歌の顕彰をし、みずからも砕巌の雅号で都々一（俚謡）をつくって、全国に広めた功労者である。実父への強い憧憬と鎮魂の思い、養父への感謝と尊敬がどの歌からも感じられる。

家族への優しさと愛情とがこれらの短歌をつくらせたのだろう。こういう家族詠にあふれた歌集は現代短歌の世界でもけっして多くはない。

最後にテーマにかかわらず、記憶に残る何首かを挙げてみたい。

奥深き立山の川堰き止めし黒四ダムの陰に慰霊碑

今様の案山子スタイルいとをかし鳥打帽にフリルのスカート

土中は春の息吹や福寿草在り処かすかな大寒の朝

常陸国《ひたちのくに》風土記にこの地に鶴舞ふと弟の夢未来に羽ばたく

「蟬丸」とふ能見て思ふ古《いにしへ》の障害びとの生きる難儀さ

菜の花の咲ける庭畑夕日さし唱歌そのままわが窓に見ゆ

コロナ禍の五輪開催を感謝すと外国選手は口々に言ふ

どの歌にも、人生に対する作者の肯定的なまなざしが息づいている。短歌では喜怒哀楽のグラデーションが誰の歌にも必ずある。そして、その中でも悲しみが短歌型式にはもっともなじみやすく、誰の歌集でもそういう歌が多くなる。しかし、酒川千鶴子の歌には悲しみよりも喜びや楽しみが数多く詠われている。これは作者の大きな個性といえる。世界を悲観的に見ることなく、家族はもちろん、その他の神羅万象に対しても、優しい慈しみの眼差しをそそぐ、それが、酒川千鶴子の短歌ということだ。読みながら、誰でもがやすらかな気持ちになれるこの一冊を、一人でも多くの方に読んでいただきたいと思う。

あとがき

私の友人に中学、高校と四年間クラスメートだった原嶋美智子さんがおります。彼女のご主人のお父様が、横浜の日限山であさかげ短歌会を結成し、息子の嫁である美智子さんを誘いました。それから少し経って私にも、短歌を一緒にやらないかと誘ってくれましたが、子育てと仕事の両立、夫の母と同居したばかりのてんやわんやで断ってしまいました。それから二十年以上もたちました頃でしょうか、或る時彼女から、ご両親の介護の短歌を纏めた手作りの小冊子が送られて来ました。それを読み、忙しいからやらないのではなく、忙しいからこそこの日常を詠もうと入会しました。私は六十八歳になっていました。

文法も助詞も何も分からないまま、見様見真似の文語体で詠み始めました。毎月の作品は、パソコンのメールに添付して互いに原嶋さんの歌も見合って後、長野県の選者先生のところへ郵送しました。一年くらいは歌が溢れるように出て来るので、毎月二十首ほど送っていました。それでもなかなか上達せず、ＮＨＫ通信講座、ＮＨＫ全国短歌大会、テレビでの聴講、土浦市の小野小町短歌会へも参加し、三枝昂之氏の講座も歌友と受講しました。

あさかげ短歌会は一人をトップにして結社とせずに皆で勉強してゆくやり方です。各地域の支社に所属して勉強会をしています。コロナ禍が収まってきた二〇二三年六月からは東京や鎌ヶ谷の編集委員の先生方が企画して下さり、東京近辺合同歌会が発足しました。支社のない人にとっては心強い喜びです。近くでは、昨十一月にも開催され、ありがたいことです。

下手でも何でも八十歳の記念に歌集を編もうと思いました。そこで十三年前からのあさかげ誌に目を通しました。大先輩歌友の短歌の研究やたくさんの歌人の評伝、歌碑巡りの旅、登山、旅行など、会員のページの内容も豊かで読み応えがありました。あらためて歌誌を読み直して、近い所にこんなに良い参考書があることに気づきました。いまスクラップすべく準備しています。あさかげ誌は宝ものです。

この歌集の題名『父二人』についてですが、私の実の父は第二次世界大戦で戦死しました。当時父母は横浜の神奈川区に居り、父は私が二歳半の頃、横須賀港から出港しました。別れの時、父は私の両手に氷砂糖二袋を持たせてくれました。そして、私が四歳半くらいの時、硫黄島で戦死したのです。母の故郷である茨城県堅倉村に疎開していた母と私は、父の故郷宮城県小牛田へ葬儀に行きました。それからずっと後、私は七十八歳で父の墓参りをすることになるのですが、私の従兄にあたる八十を過ぎた当主さんが、その時の私を憶えていてくれ、跡取りの四十代の若夫婦は、私の実父伊藤真の写真を焼き増ししておいてくれました。別れ際、「真さんの眼と千鶴子さんの眼が似ているね」と言ってくれました。

昭和二十三年、母は知人の紹介で石岡の今泉義文氏と再婚しました。嫁ぎ先は太平堂書店といい、養父の兄が経営していた本屋でしたが、兄（雅号雪耕）が二十一年に亡くなり、読売新聞の記者をしていた養父が書店を継いだのでした。店の表には「読売新聞地方通信部」の表札が掛かっていたり、店の高い所に「店訓」が立派な書体の難しい字で書いてありました。そこには、「石岡の地に文化を向上させ広め伝える…」とありました。父は蛇腹の写真機や大小沢山のカメラをもっていたので、今思えば兄の書いたであろう「店訓」を写真に撮っておけばよかったと思いますが、乾板からフィルムに変わる時期でした。

私は母より三か月遅れで石岡に来ました。長い脚の膝を折り、私の目を見て「今日から本当のお父さんになれたからよろしくね」と挨拶がありました。家庭裁判所の手続きが済んだ日のようでした。父は初婚でしたが、五十六歳でした。母は三十二歳頃だったでしょうか。

父は毎晩、母に吉川英治の『宮本武蔵』を声色を使って面白く読んでくれました。戦争中、学童疎開の子供たちにも手品や紙芝居を見せていたようで、子供たちが都会に戻ってから届いたお礼状は、二階の押し入れの行李二つに大切にしまわれておりました。

その後の父は、地元の史跡の調査をし、書物に著し、保存会を発足、その他、百人一首の練習や競技会、石岡小唄の作詞、踊りの振り付けをして会社や公民館のオープンに花を添えたりなど、目覚ましい活躍をしていました。LP盤も作ったほどです。都々一や俚謡も研究し、本に著していました。自分でも「砕巌」の雅号で作謡し、全国俚謡大会では、天・地・人の天を多くとり、賞金や、今も現物の長い和紙に父の天をとった俚謡が箱にしまってあります。

異色なところでは、石岡に検察審査会を開設したことでしょうか。冤罪《えんざい》のない世をと願ったのでしょう。裁判所を退官した友人と共に賛同者に協力してもらい、精力的に動き、苦労の結果、開設することができました。

その頃、五歳の妹がはやり病にかかり、たった一日で亡くなってしまいました。父と母の初めての子でした。父は家庭を顧みなかったことを悔い、自分を責めて、これまでの疲れも出たのでしょう、それから半年、床から起き上がれなくなってしまいました。母も辛い気持ちの中、亡くなった妹の下に二歳の弟も居ましたから、店と暮らしを必死に守っていました。中学一年になっていた私は、貯めていたお年玉などで自転車を買い、学校から帰るとお得意様の予約した本を配達して、母を助けました。

父がようやく元気を取り戻した頃、私は戦死した実父の写真を母の行李の中に見つけました。軍服の凛々しい姿でした。母に抱かれた二歳の私の姿もありました。それからはときどき、そっと写真を見るようになりました。国の為家族の為にと戦場に行き、硫黄島で困難な戦いをして亡くなったお父さん。今は行けないけれど、真お父さんの子供は私しかいないのだから、大人になったらお墓参りをすると誓いました。

義文お父さんは戦後の石岡を明るく活気づけました。世の為人の為に私財を投げ打って働き、石岡の歴史の基礎をつくりました。水戸の県立歴史館の常設展に、戦中・戦後の石岡の暮らしの様子が陳列され、そこにあった父の写真には「…拙なけれど尊し」と自らの筆で言葉が書かれています。私は一度も父に叱られた記憶がありません。年は取っていて、足に難儀な所があったけれど、甘えずに自分を律し、一番下の妹が二十歳になるまで頑張って生きてくれたお父さん、ありがとうございます。優しく心の広いお父さんを尊敬しています。命を与えてくれた父、守り育ててくれた父、二人の父を敬い、二人に恥ずかしくない生き方をしよう。そんな思春期を通ってきました。

尊敬する二人の父にこの歌集を捧げたいと思います。本の題名もこうした訳で『父二人』にしました。稚拙な歌ばかりですが、一つでもお目に留まれば幸いでございます。

出版にあたり、あさかげ短歌会代表矢野康史様、選歌及び校正をお引き受け下さり、その上序文まで頂戴いたしまして、ありがとうございました。又、あさかげ叢書に加えて頂きましたこと、重ねて御礼申し上げます。奈良大学に在学され、津山市で三つの短歌講座をお持ちの多忙な先生にそうとも知らず無理矢理お願いしてしまいました。深く感謝申し上げます。

もうおひとり、「短歌人」編集委員ならびに日本歌人クラブ前会長の藤原龍一郎様、心やすく跋文をお願いしました。ありがとうございました。早稲田大学ミステリクラブで弟と仲良くして下さり、石岡市の文化アドバイザーとしてもご活躍頂いた上、私迄お世話さまになり、心から御礼申し上げます。身に余るお言葉も頂き、感謝申し上げます。

「あさかげ」編集委員の小林賀子様、歌集作りに際していろいろと教えて下さりありがとうございました。

歌友の原嶋美智子様、眞家好美様、妹の長田昌子さん、遠回りしていた私を励まして下さったり、ＬＩＮＥや写メールで元気づけて下さって嬉しかったです。ありがとうございました。

一番身近な所で、何かと協力してくれている夫にも歌集を作ることに快く賛同してくれ、感謝しています。

六花書林の宇田川寛之様、大らかに受け止めて頂き、出版に漕ぎつけることが出来ました。心より御礼申し上げます。装幀の真田幸治様、お骨折り頂きましてありがとうございました。

最後にあさかげ短歌会の皆様、これからも誌上でお一人お一人の短歌を楽しみに拝見させていただきます。あさかげ短歌会の益々のご発展を祈念いたしましてあとがきといたします。

令和六（二〇二四）年皐月吉日

酒川千鶴子

著者略歴

酒川千鶴子（さかがわ　ちずこ）

昭和16年10月25日、横浜市神奈川区に誕生
昭和18年　父満州へ出征
昭和19年　横浜空襲により母の実家茨城県東茨城郡堅倉村西郷地へ疎開
昭和20年　父硫黄島に出兵（横須賀港に送る）
　　　　　父硫黄島にて戦死
昭和21年　実父の葬儀に宮城県小牛田へ行く
昭和23年　母、今泉義文と再婚。父の養女になる
平成22年７月　あさかげ短歌会入会
平成29年　あさかげ年度賞受賞

現住所
〒315-0016
茨城県石岡市総社２－５－６

父二人

あさかげ叢書第120篇

令和6年6月24日 初版発行

著 者――酒川千鶴子

発行者――宇田川寛之

発行所――六花書林
〒170-0005
東京都豊島区南大塚3-24-10 マリノホームズ1A
電 話 03-5949-6307
FAX 03-6912-7595

発売―――開発社
〒103-0023
東京都中央区日本橋本町1-4-9 フォーラム日本橋8階
電 話 03-5205-0211
FAX 03-5205-2516

印刷―――相良整版印刷

製本―――仲佐製本

定価はカバーに表示してあります
ISBN978-4-910181-65-3 C0092